Zeichnung: **manggle**
Story: **hanirim**

1

Prolog

... doch egal wie groß ihre Schönheit auch war ... Macht verlieh sie ihr nicht.

Das ist eine Verschwörung!

Wie kann dieses niedere, vulgäre Weibsbild es wagen, ihre Augen auch nur in die Richtung des Herzogs von Kidrey schweifen zu lassen!

Es ist alles ihretwegen! Das ist die einzige Erklärung, warum er so kaltherzig zu mir ist ...!

Lass diese niederträchtige Hexe auf der Stelle exekutieren!

Bitte, Regef!

Kayena.

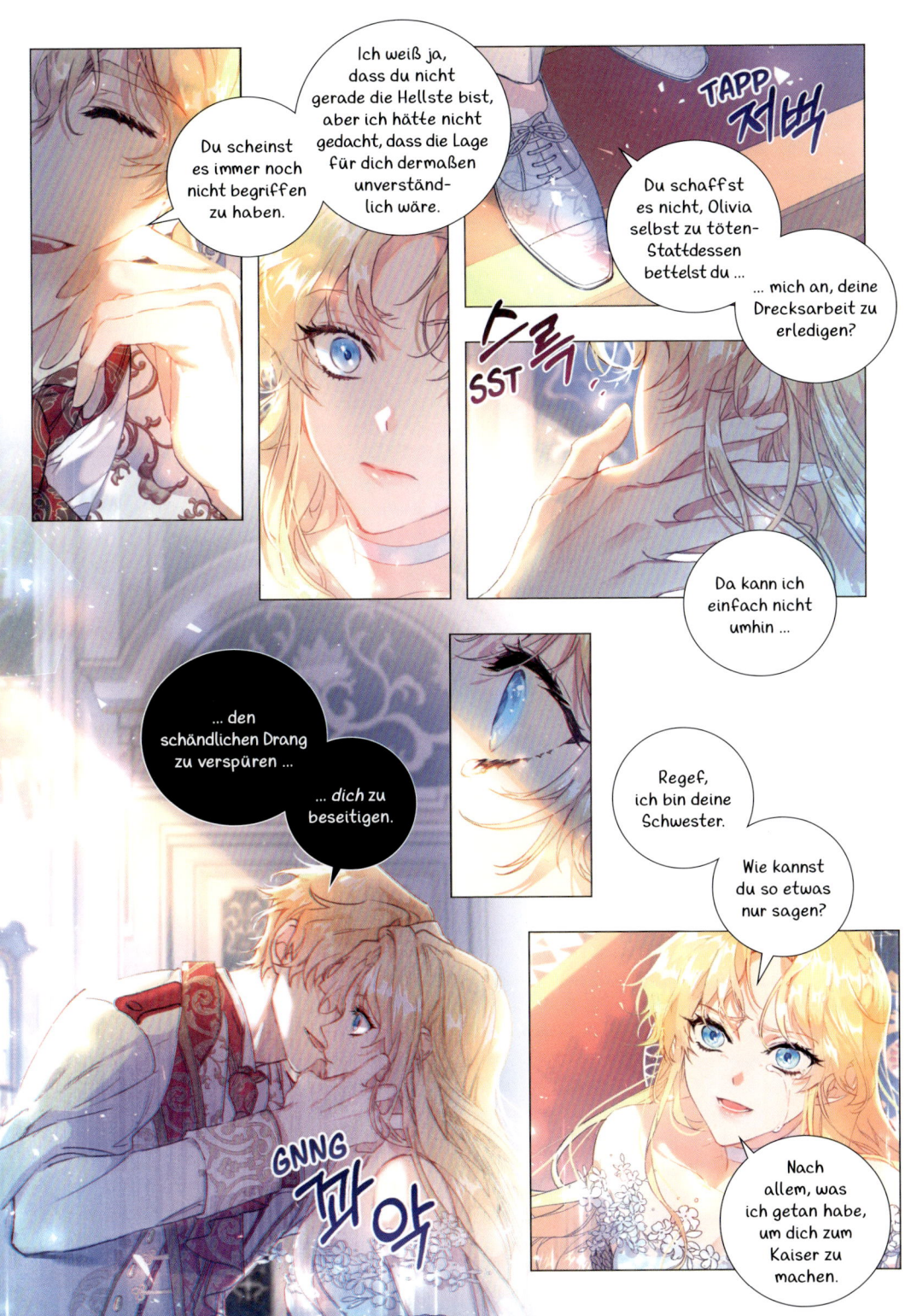

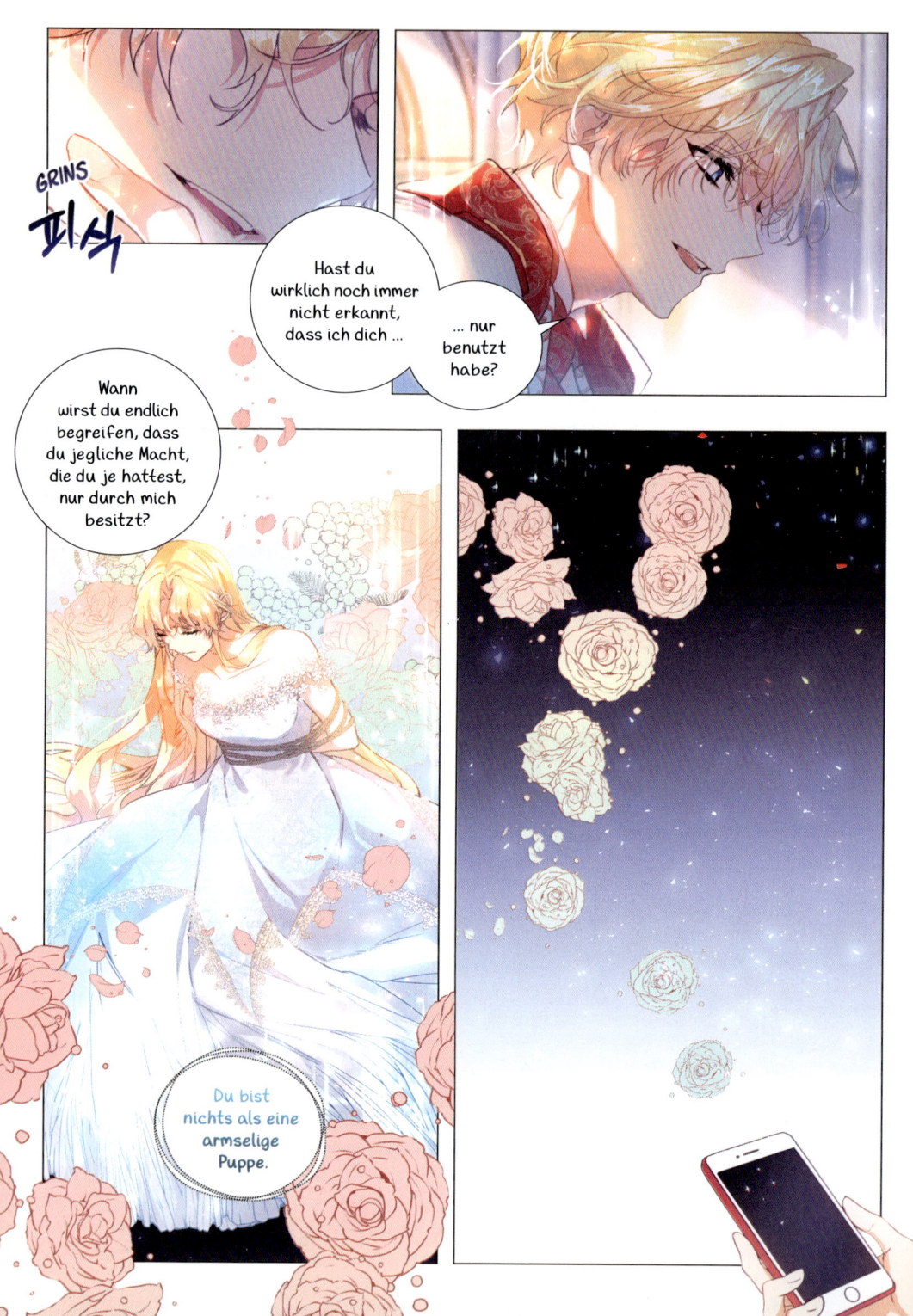

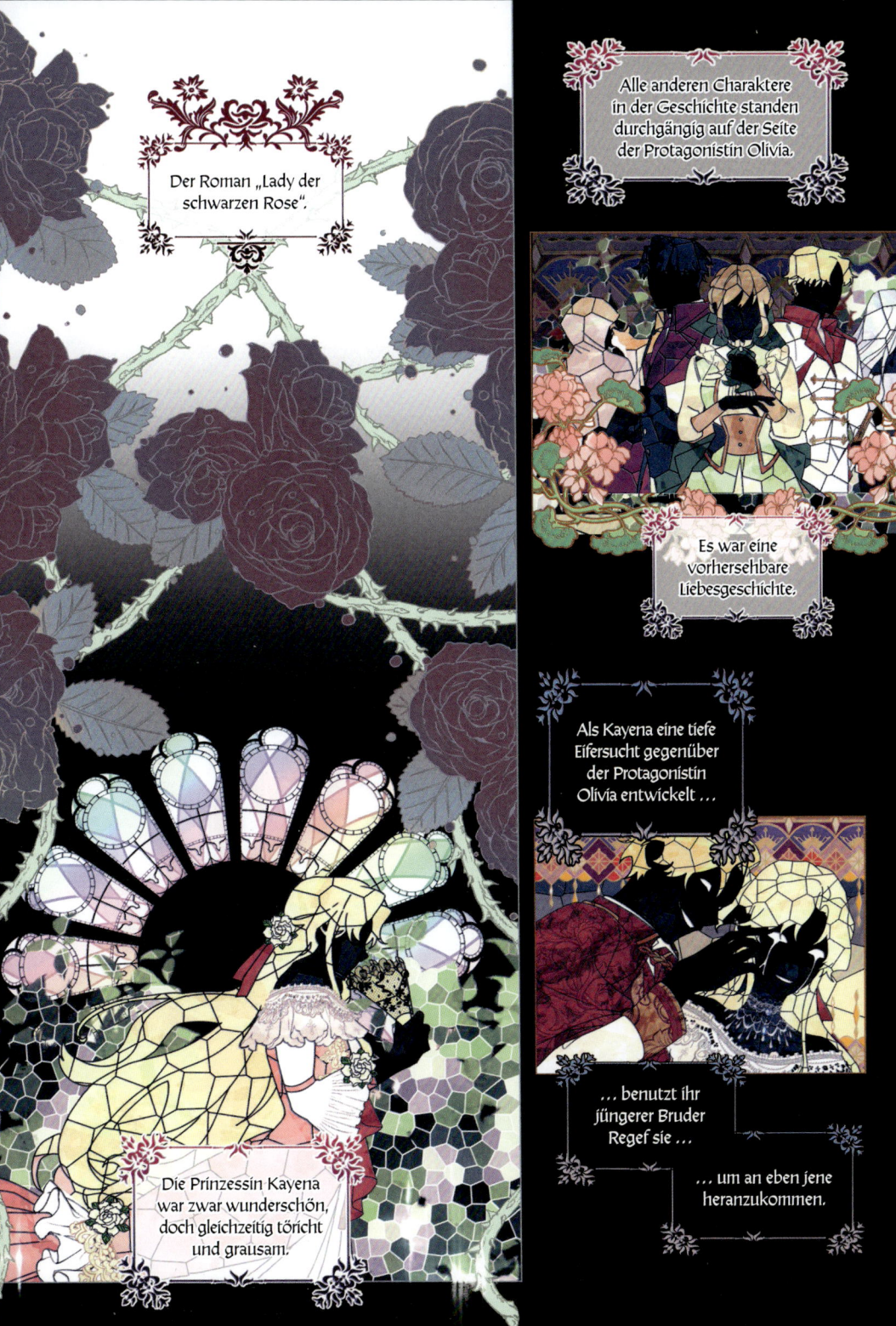

Kayena versucht daraufhin, Olivia zu vergiften ...

... doch ihr Plan scheitert und Regef verrät sie.

Sie wird an den grausamen Grafen von Gillian verkauft ...

... und stirbt schliesslich einen elenden Tod.

So besiegelte der Roman das schicksalhafte Ende der Antagonistin.

Es ist alles deine Schuld.

ERSTARR
멈칫

Wie bitte?

Wer sind Sie?

Es ist alles deine Schuld!!

SST
슥

Sieh, was aus mir geworden ist!!!

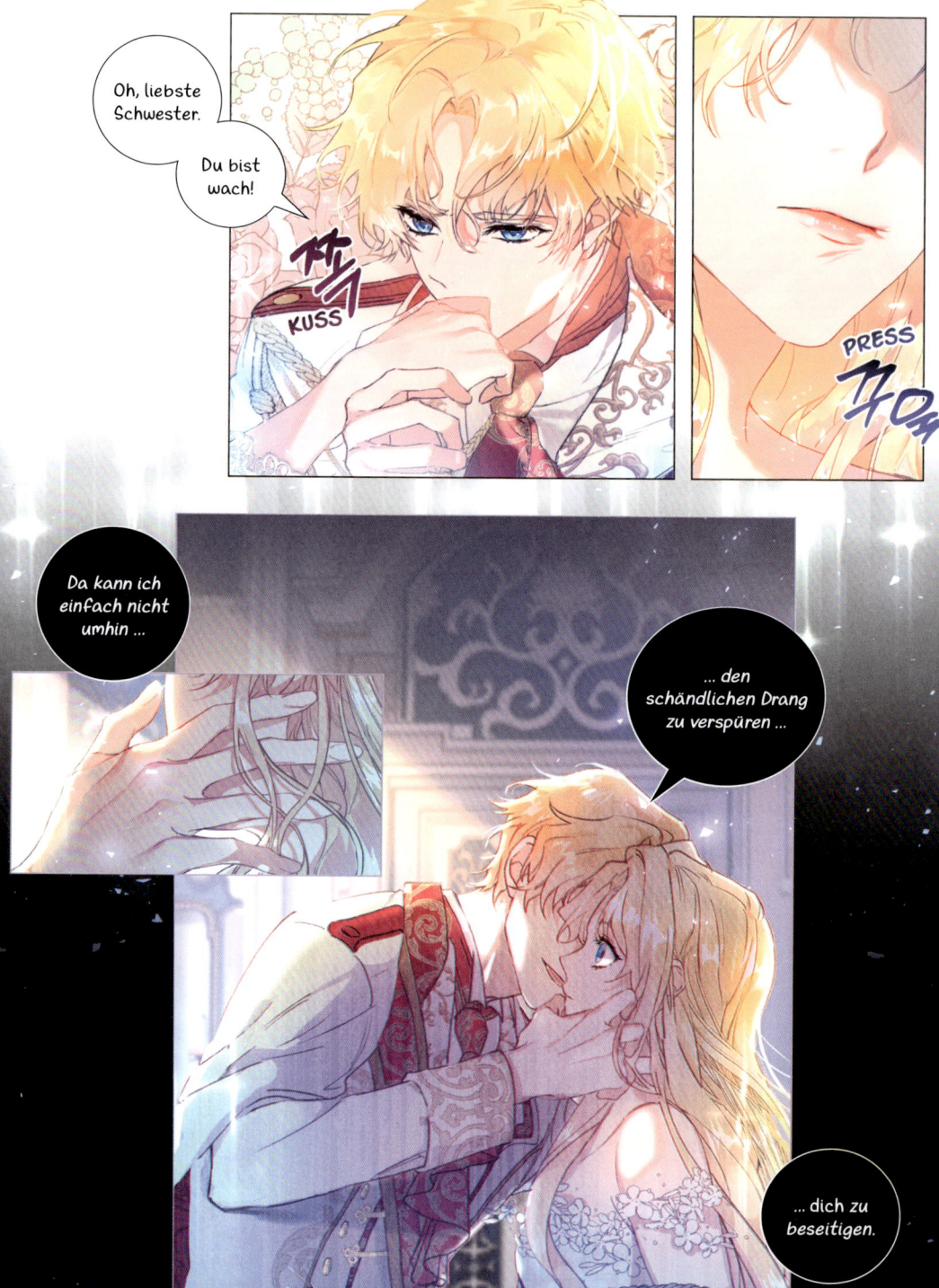

Kapitel 1

Das würde wohl bedeuten ... dass ich wirklich gestorben bin.

Wer hätte gedacht, dass ich nach meinem vorherigen Leben ...

Der Kaiser, Kayenas und Regefs Vater, ist noch am Leben.

GNNG 끄응

Zum Glück bin ich in diesem Leben nicht zu einem Zeitpunkt aufgewacht, an dem es bereits zu spät gewesen wäre.

Das bedeutet, es existieren noch Mittel, um Regef zu kontrollieren.

Bis dahin muss ich um jeden Preis von ihm loskommen!

Doch viel Zeit bleibt mir nicht, bis Regef zum nächsten Kaiser gekrönt wird.

Der zukünftige Kaiser von Eldhaim ...

REGEF HILL.

... der sekundäre Protagonist ...

... und mein jüngerer Halbbruder.

Der Sünder, der seinen eigenen Vater, den Kaiser, tötet, um den Thron zu besteigen.

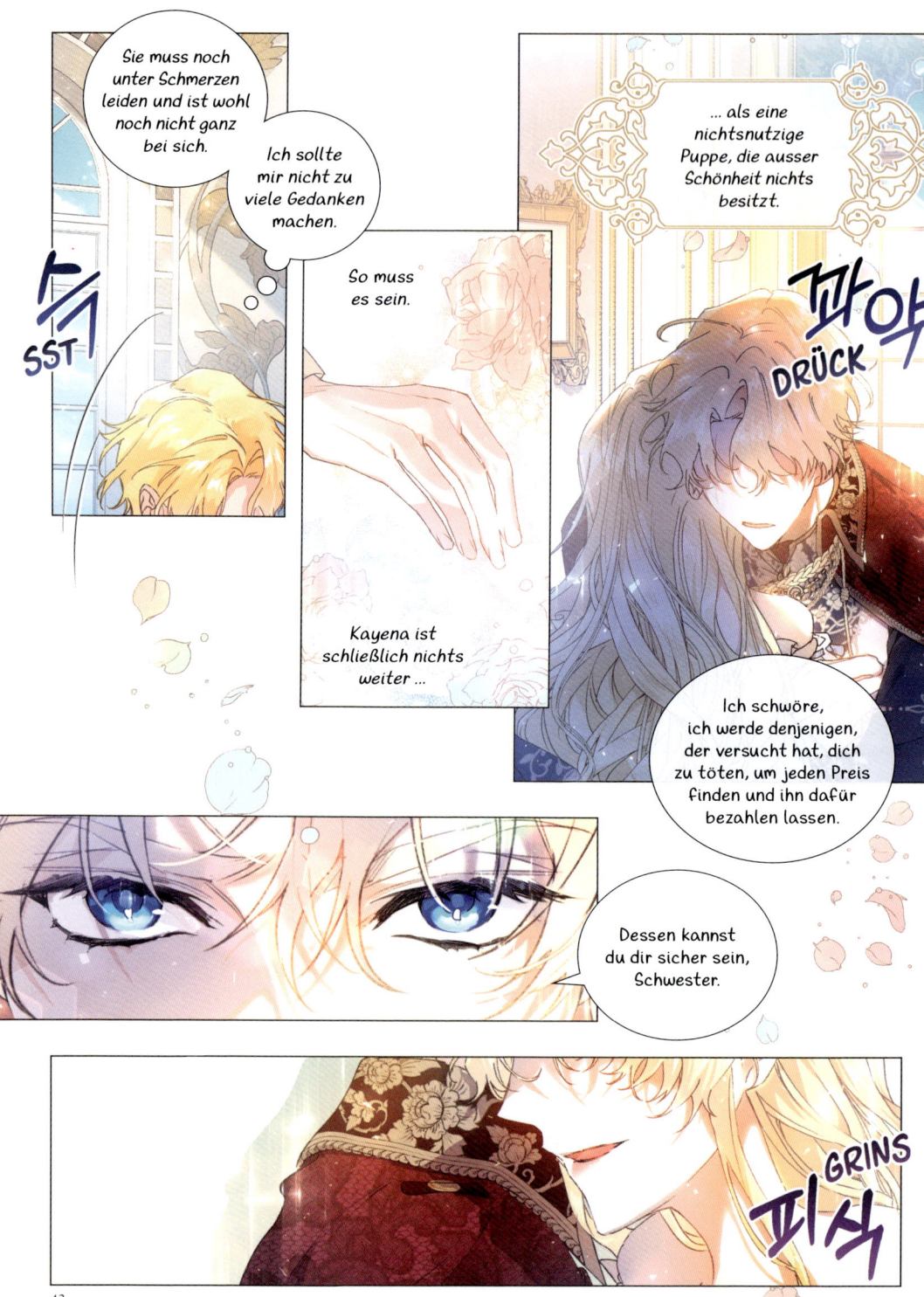

Kapitel 2

Im Roman verliebt Regef sich in die Protagonistin.

Und ... er wird versuchen, sie zu töten, weil sie sich für Raphaelo entscheidet.

Gewiss wird er auch dieses Mal Olivia für sich haben wollen.

Wäre das wirklich in Ordnung?

Ich kann nicht immer nur nach dem handeln, was für mich bequem ist.

FHUIT

Kayena!

Ich habe niemanden außer dir, Regef.

Ja ...

SCHOCK

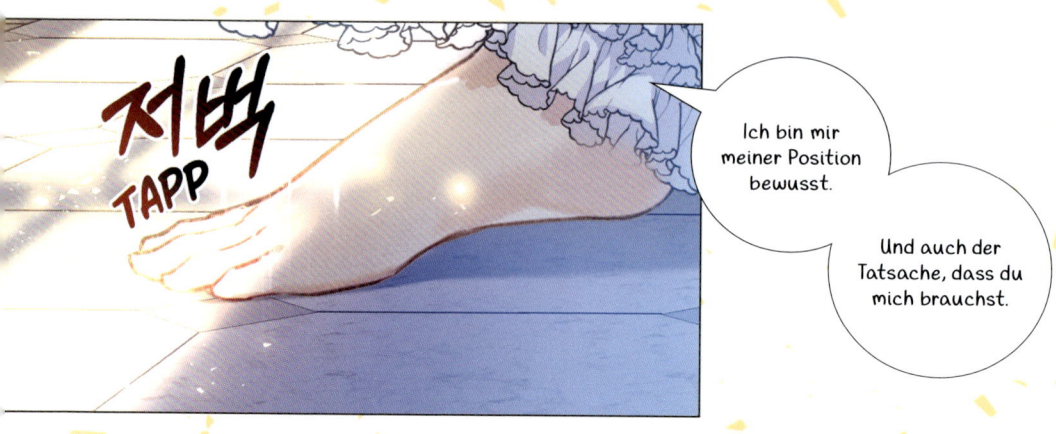

Das Recht, nichts zu tun ...

... mich um mich selbst zu kümmern ...

... als ich selbst zu existieren.

Freiheit.

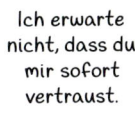

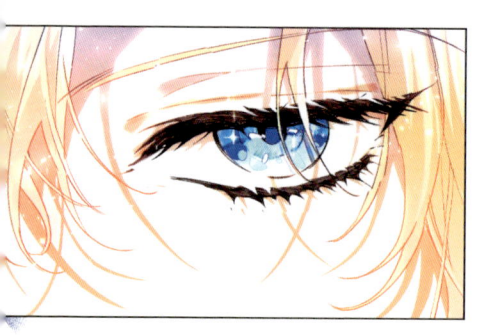

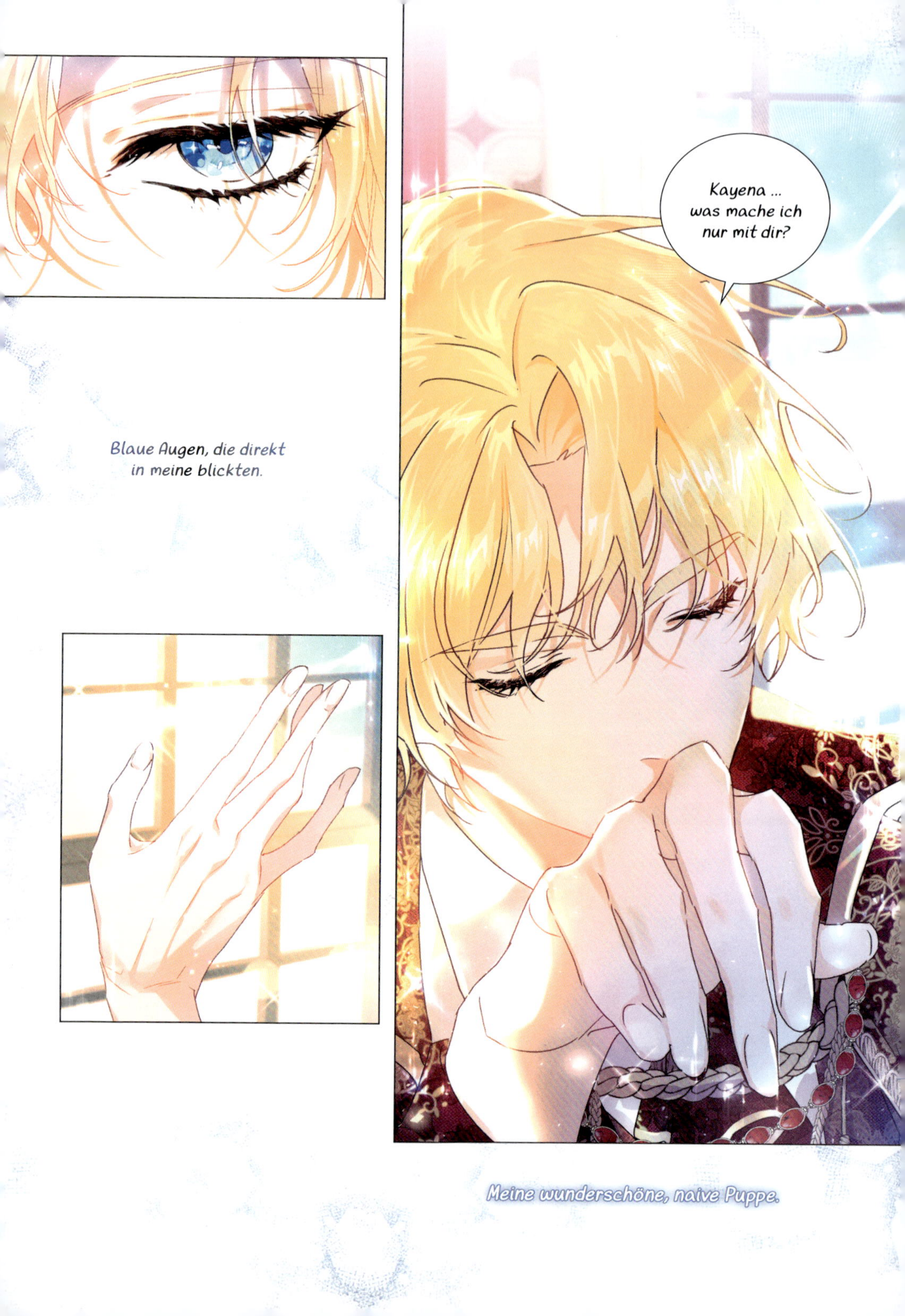

Blaue Augen, die direkt in meine blickten.

Kayena ... was mache ich nur mit dir?

Meine wunderschöne, naive Puppe.

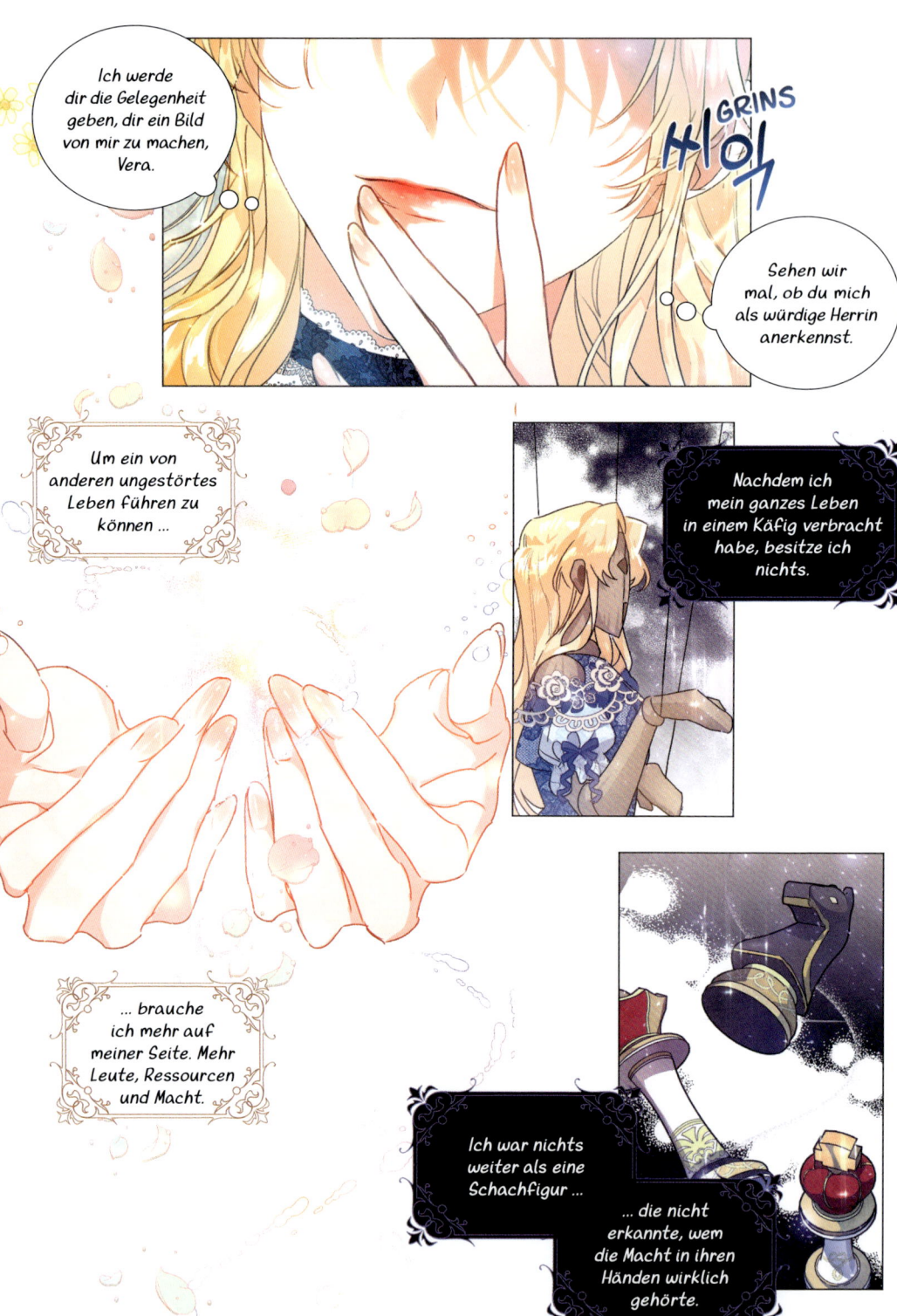

Ob das heißt, dass sie nicht länger in Raphaelo verliebt ist …?

Raphaelo von Kidrey. Mit seinem prominenten schwarzen Haar und den purpurnen Augen, für die die Herzogsfamilie Kidrey bekannt ist …

… und der Stärke, die er schon in jungen Jahren auf dem Schlachtfeld bewiesen hat …

… hat er die Herzen zahlreicher junger adliger Damen erobert.

Einschließlich Kayenas.

Mit 23 Jahren hatte er noch nicht einmal die Hand einer Frau berührt.

Doch in Wahrheit ...

Es war nicht verwunderlich, dass dies als seltsam betrachtet wurde.

... war dies seiner krankhaften Phobie zu verschulden.

Er war unfähig, anderen gegenüber Zuneigung oder Verbundenheit zu verspüren, und körperlichen Kontakt empfand er als äusserst unbehaglich.

Er litt unter einer Krankheit seines Geistes.

Doch seine Mutter, die nichts davon wusste, wollte ihren Sohn so schnell wie möglich vermählt sehen ...

KNABBER

Ihr haltet Fräulein Olivia ... für eine geeignete Gattin für mich?

Ja, sie passt perfekt. Sie besitzt Schönheit und ist beharrlich. Sie wäre eine ausgezeichnete Partie für Euch.

Ein Treffen zwischen mir und Fräulein Olivia wäre für die Prinzessin zum Vorteil ...

Ich hoffe ...

... Ihr werdet nicht vergessen, dass ich Euch Fräulein Grace vorgestellt habe.

Was geht hier vor sich?

Regef...?

HAFF

HAFF

HAFF

HAFF

Ich werde unverzüglich nach ihm sehen.

Kapitel 7

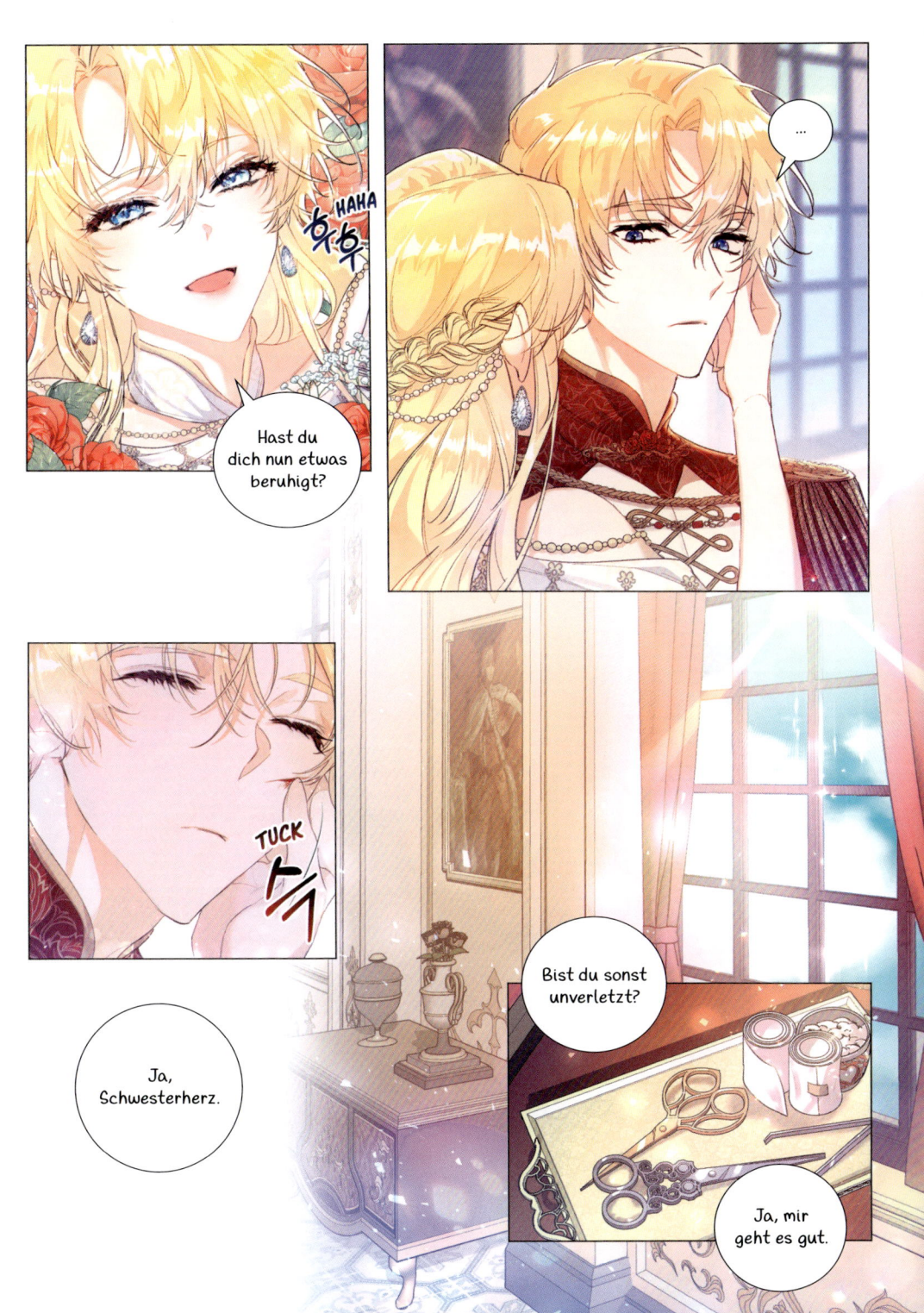

Lass etwas Zeit vergehen und ich werde eines Tages nicht einmal mehr sicher sein können, ob ich ihn je wirklich geliebt habe.

Kein Gefühl bleibt schließlich je vollkommen unverändert.

... dass es zuvor so war, bedeutet doch nicht, dass es auch in Zukunft weiterhin so sein muss.

Auch Liebe ...

TUCK

... ist davon nicht ausgenommen.

TUSCHEL Wenn dem so ist ...

... könnte es wohl wirklich sie sein. TUSCHEL

Ja, ich habe gehört, dass das Porträt von Fräulein Olivia gewesen sein soll.

Ich hoffe, Ihr fühlt Euch bei Veranstaltungen wie dieser nicht fehl am Platz, Fräulein Olivia.

Keineswegs. Ich danke Euch für Eure Einladung.

Weil meine Familie kaum Einfluss besitzt, hatte ich bisher nie die Verbindungen, um zu solchen Feierlichkeiten eingeladen zu werden.

Doch seit mein Portrait Haus Kidrey erreicht hat und die Gerüchte ihren Umlauf machen, erhalte ich plötzlich einen ganzen Haufen Einladungen.

„Ich hörte, dass sich Euch auch eine gute Gelegenheit eröffnet hat."

KICHER

KICHER

„Ich bin sicher, Ihr seid höchst erfreut."

„Die Prinzessin hat Euch ja schon einige Male übel mitgespielt."

„Wenn Eure Verlobung wirklich zu einer Ehe führt, wäre das doch die perfekte Rache."

„Und als älteste Tochter einer in Armut geratenen Familie mit so vielen Geschwistern wie Ihr sie habt ..."

„... ist solch eine gute Partie ja nahezu das Einzige, was Euch retten kann."

...

ZUCK

TUSCHEL Was war das für eine Reaktion?

TUSCHEL Hmm ... Wie enttäuschend. Ich hatte mich schon auf einen Skandal gefreut.

Haha, meint Ihr? Ich weiß nicht, wovon Ihr sprecht.

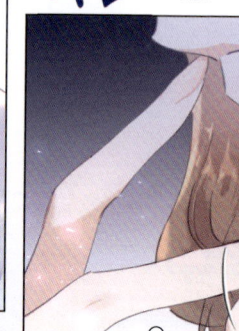

Ein Glück.

SST

Es gibt noch keine Gerüchte darüber, dass ich die Aufforderung erhalten habe, mich als Zofe an den Hof zu begeben.

Es ist unvorstellbar, dass die Prinzessin mich als eine ihrer Zofen an ihrer Seite wünscht.

Dafür verabscheut sie mich viel zu sehr.

TAPP

Aber der Zeitpunkt ist einfach zu verdächtig, um Zufall zu sein.

Direkt nachdem ich von Prinz Regef die Aufforderung erhielt, in den Palast der Prinzessin zu kommen ...

... ereilte mich von Haus Kidrey die Bitte, ihnen ein Porträt zur Verlobung zukommen zu lassen.

Aber unsere Familie steht unter dem Schutz des Herzoges von Kidrey.

Wenn ich der Aufforderung des Prinzen nachkomme, würde dies Haus Kidrey in Bredouille bringen.

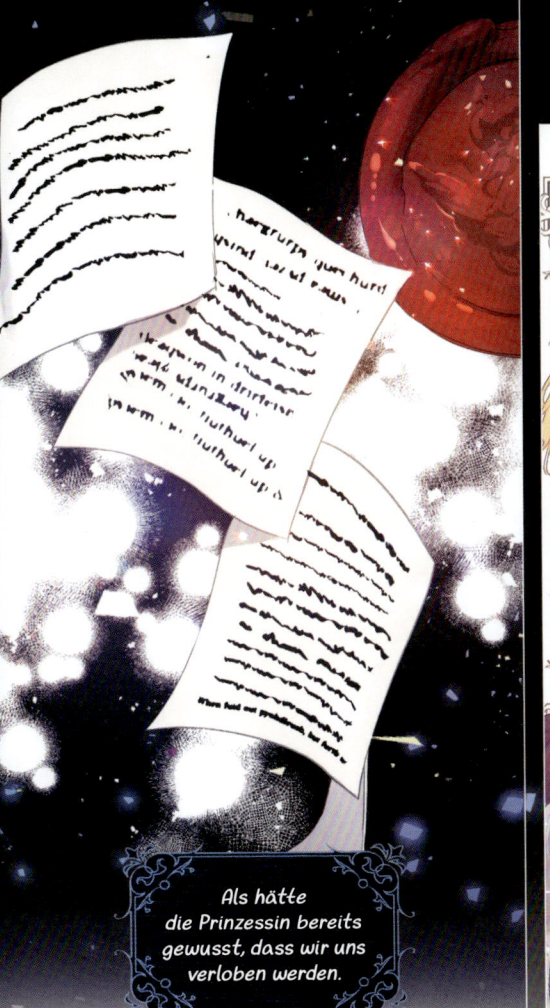

Wenn ich nicht vorsichtig bin, könnte es den Eindruck erwecken, dass der Prinz und der junge Herr von Kidrey sich miteinander verschworen hätten.

Als hätte die Prinzessin bereits gewusst, dass wir uns verloben werden.

„Olivia, gewiss haben die jüngsten Entwicklungen, für dich, die du so scharfsinnig bist, einige Fragen aufgeworfen."

„Ich hoffe, dieser Brief wird dir helfen, etwas Klarheit zu gewinnen."

„Mit deinem Verstand wirst du zum richtigen Schluss kommen."

Ein anonymer Brief von jemandem mit hohem Status, der zu einem Zeitpunkt wie diesem kommt ...

Der Absender dieses Briefes ...

FLAPP
부스럭

„Ich vermute, die jüngsten Geschehnisse haben viele Bedenken in dir erweckt. Dennoch bitte ich dich um etwas mehr Geduld."

„Ziehe keine Aufmerksamkeit auf dich, lass dir nichts anmerken."

... muss Prinzessin Kayena sein!

„Das wird deiner Familie am meisten zugutekommen."

Ähm ... verzeiht, Prinzessin. Wohin gehen wir gerade?

IHR SELBST?!?
Hääh?!

Ich möchte für Regef etwas vorbereiten, das er zum Tee zu sich nehmen kann.

Ohh! Was soll ich für ihn vorbereiten?

Haha, Ihr wollt also ...

Hm? Ich wünsche es aber eigenhändig zu backen.

Kapitel 9

Prinzessin Kayena ... Sie beschwichtigt Regef, als würde sie ein wildes Biest zähmen ...

Wie hat die Prinzessin es geschafft, den Prinzen so leicht zu beschwichtigen?

Selbst der Kaiser hat das nie hinbekommen und letztlich aufgegeben ...

Obwohl Regef ein ziemlicher Rohling ist, diene ich ihm bis jetzt, weil er einfacher zu händeln schien als Yeister von Heinrich.

Dennoch würde ich es bevorzugen, wenn er sich wie sein gewohntes arrogantes und unverschämtes Selbst verhält ...

Doch nachdem, was ich heute gesehen habe, sollte ich von nun an wohl ein wachsames Auge auf die Prinzessin halten.

Ich danke Euch, Vater. Ich bin sicher, Fräulein Ellivan wird ebenfalls hocherfreut sein.

?

Kapitel 11

... Euer Vertrauen.

All das ... nur deswegen?

Und das wäre ...

Mein Vertrauen ...?

Ja, das ist alles, was ich mir erhoffe.

Deshalb habe ich mich über heiratswürdige Kandidatinnen schlau gemacht.

Um Euch zu beweisen, dass ich verlässlich bin.

Will man jemanden überzeugen, muss man etwas zu bieten haben, das sein Gegenüber begehrt.

Rapahelo, dem es an etwas Emotionalem mangelt ...

Sei dies emotionaler oder materieller Natur.

... kann ich „Vertrauen" bieten.

Kapitel 12

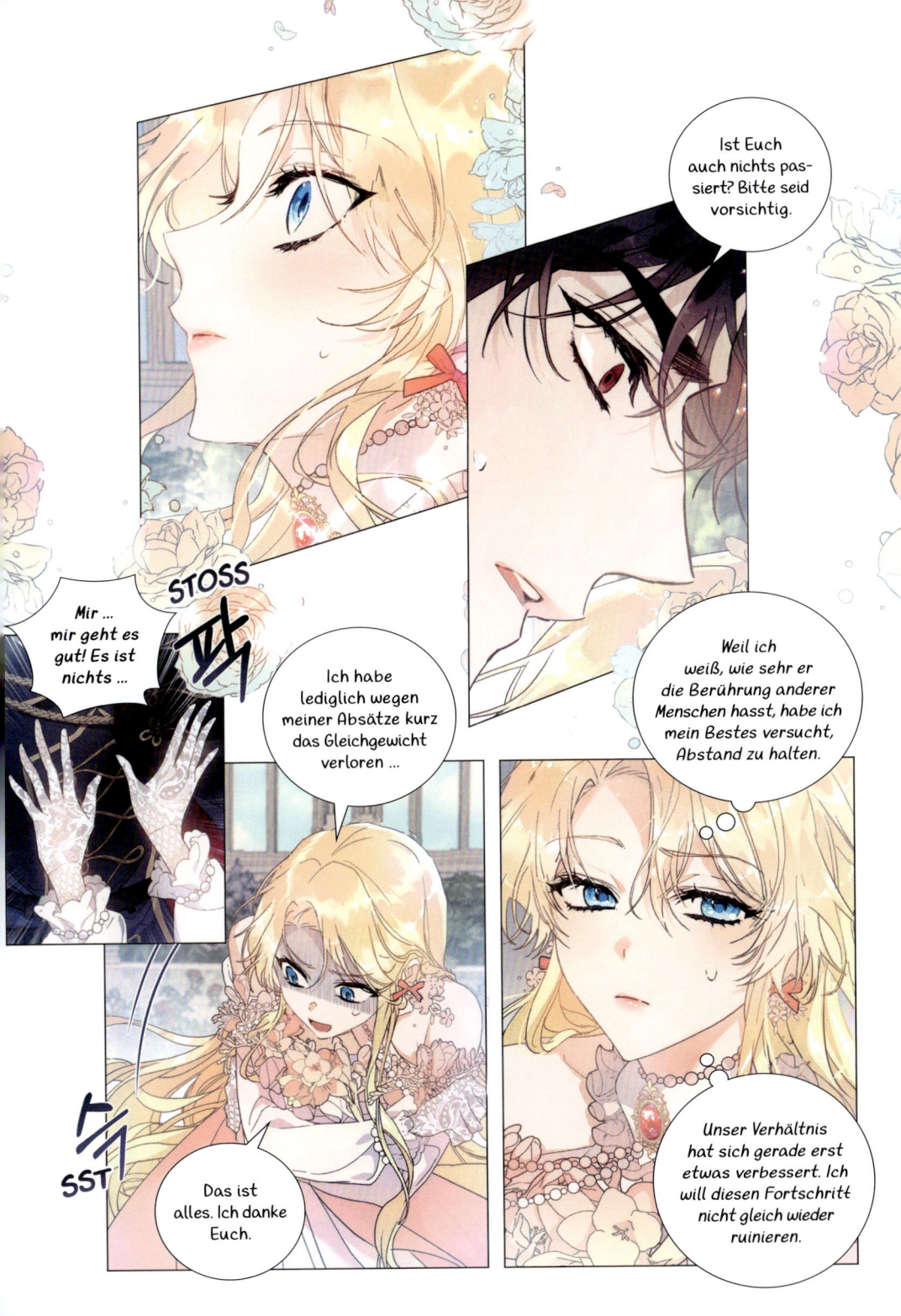

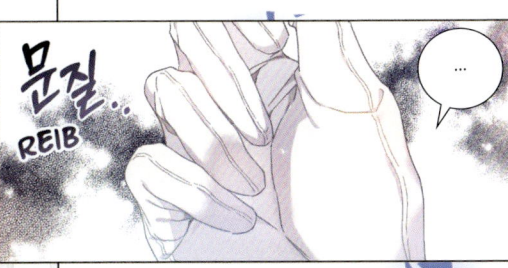

Was ist nur los?

Bilde ich es mir nur ein, oder hat Prinzessin Kayena mich seit vorhin ...

Der Gartenpfad ist zu uneben. Bitte lasst mich Euch zurückgeleiten.

Das ist nicht nötig. Ich kann allein zurückgehen.

Nein, es ist wahr.

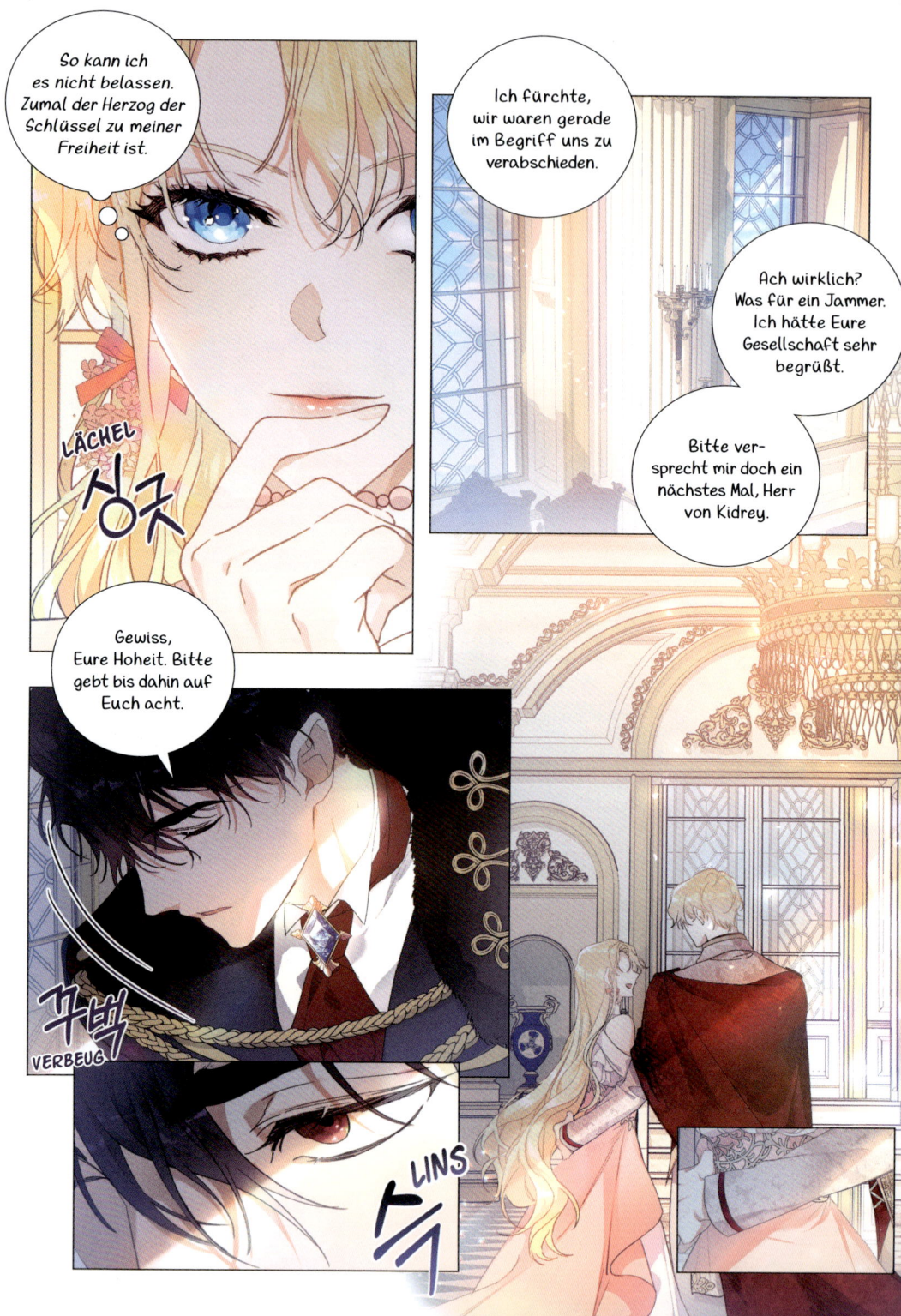

Vater!

Der Prinz hat mir wirklich vergeben?

Der Markgraf von Evans hat beste Überzeugungsarbeit leisten müssen.

Was für ein Glück.

Aber sagt, Vater, wann wird der Markgraf mich endlich als Verlobte für den Prinzen vorschlagen?

Ist etwas, Vera?

FHWUIT

Verzeiht, Hoheit. Sie haben Euch die falschen Kekse gebracht. Lasst mich in die Küche gehen und ...

Ach was, das wird nicht nötig sein.

GRINS

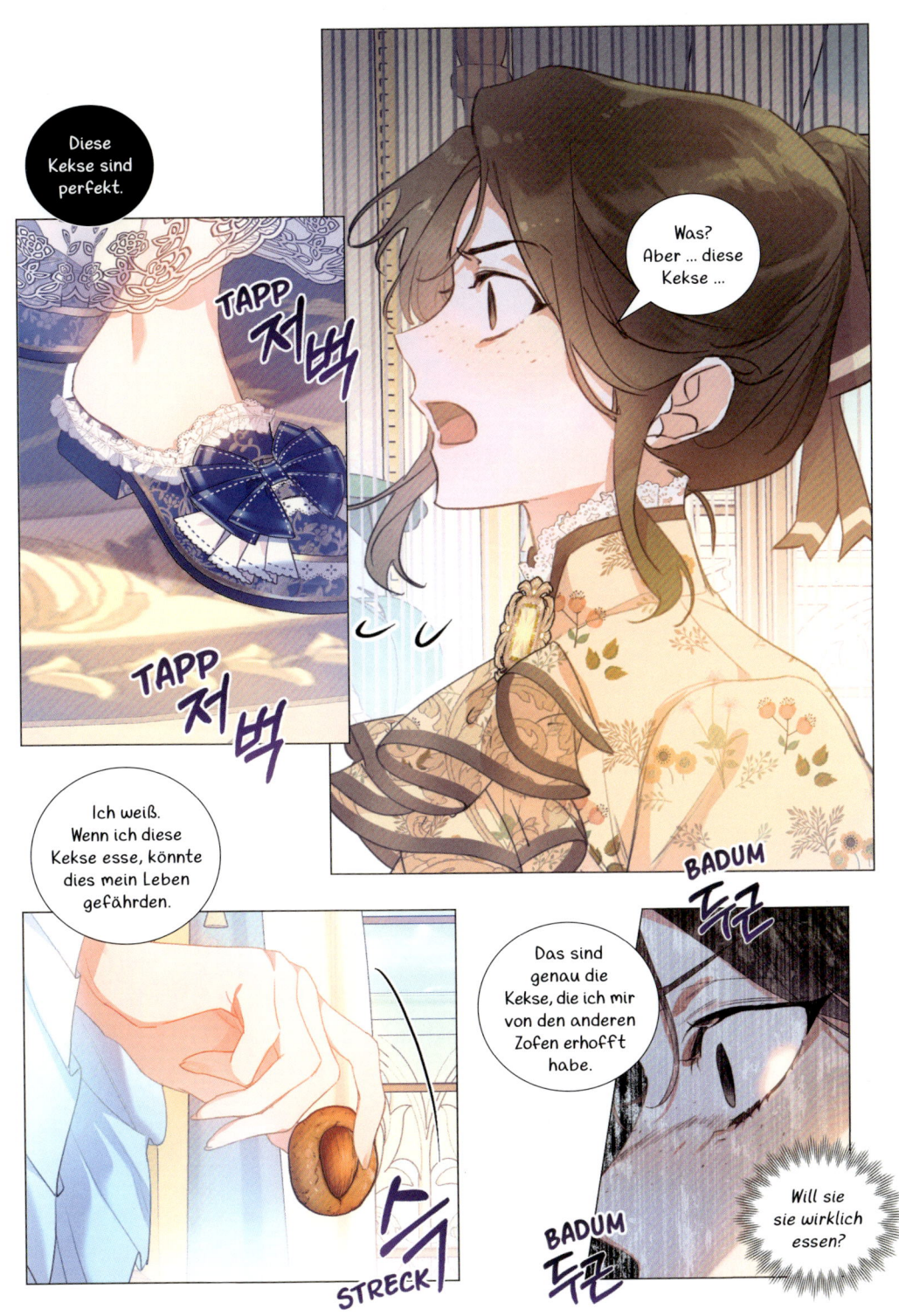

Kapitel 14

Kapitel 15

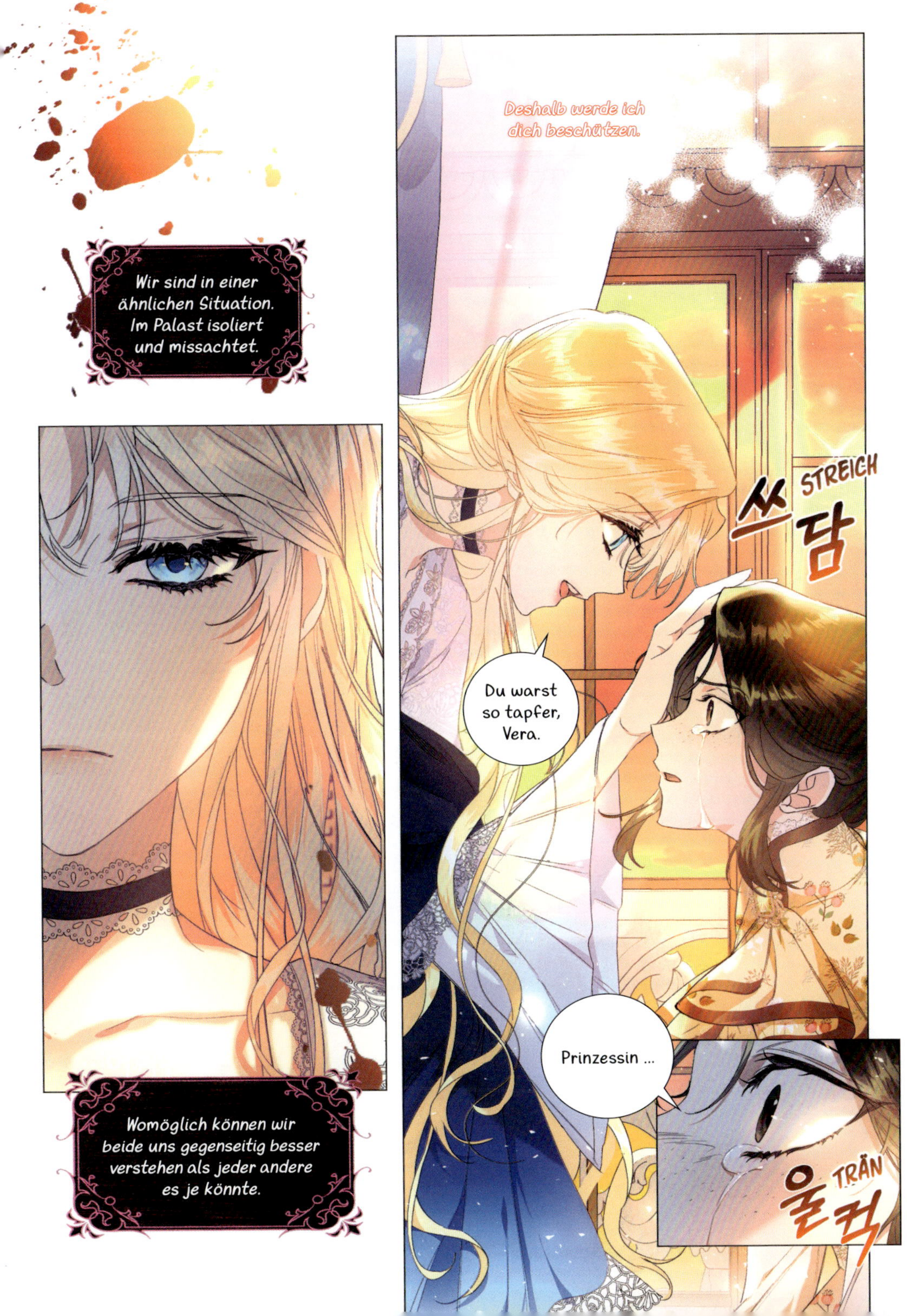

The Villainess is a Marionette 01
Zeichnung: manggle
Story: hanirim

1. Auflage 2024
Deutsche Ausgabe/German Edition
© papertoons GmbH, Stuttgart 2024

Aus dem Koreanischen von Henrike Tietjen

THE VILLAINESS IS A MARIONETTE © manggle, hanirim / Yeondam X Polarfox.
All Rights Reserved.
German translation © 2024 papertoons GmbH.
German translation rights arranged with Polarfox through Orange Agency Co., Ltd.

Programmleitung: Lea Heidenreich & Michael Schuster
Redaktion: Alice Craciun
Layout & Lettering: Studio MAKMA
Druck: Silber Druck

Alle deutschen Rechte vorbehalten. Nachdruck, auch auszugsweise, verboten. Kein Teil dieses Werkes darf ohne schriftliche Genehmigung des Verlages in irgendeiner Form reproduziert oder unter Verwendung elektronischer Systeme verarbeitet, vervielfältigt oder verbreitet werden.

Print-ISBN: 978-3-910530-95-9

www.papertoons.de – April 2024